# Depuis…
# Je pense avec mon corps

# Martine Gaultier

**Illustratrice : Pauline Barreau**

# Depuis…
# Je pense avec mon corps

*Roman*

ISBN : 979-10-377-5740-1

*À mes enfants, petits-enfants,*

*À Gérard.*

# Vous avez dit « Burn-out » !

**14 avril 2019**

Avez-vous déjà savouré un suave au chocolat ? J'en ai sorti un du four il y a quinze minutes… Dommage ! Il est brûlant. Je vais devoir être patiente pour en « croquer » un morceau…

La patience, mon amie, si grande amie… Je l'ai rencontrée, apprivoisée au fil des années…

**Je suis…**

Les mains sur mon clavier, dans le calme absolu, je respire le tendre parfum du chocolat qui envahit mon chez-moi. Un appartement trois-pièces, lumineux, paisible et confortable.

En janvier dernier, j'emménageais dans ce nouveau nid qui m'annonçait une toute nouvelle vie. J'adore cet endroit, bon compromis entre la maison et l'appartement, entre la ville et la campagne. Des accès rapides vers toutes mes habitudes, un confort partagé avec mes enfants et mes amis.

Pourtant, j'ai un ressenti très particulier… Avec du recul, j'ai la sensation de m'être délestée d'un lourd fardeau dans mon ancienne demeure. Le jour où j'ai déménagé, je ne savais pas qu'en quittant cette maison, je quitterais aussi mon travail. Je ne savais pas que quelques heures plus tard, mon corps refuserait définitivement de me laisser partir travailler. Je ne savais pas que quelques jours plus tard, je serais diagnostiquée en épuisement professionnel, en anglais, « burn-out », pour définition : s'user, s'épuiser, craquer.

Difficile… Tellement difficile d'accepter ce verdict, franc, net, sans équivoque. Pour Moi, il s'agit juste d'un grand moment de fatigue. Je pense le savoir, je pense le ressentir ainsi. Je pense tout simplement que mon déménagement a contribué à un épuisement, mais que l'année 2019 ne peut réellement pas s'enclencher de la sorte.

À cette période, je ne prêtais guère attention aux différents signaux que mon corps pouvait m'envoyer. Pourtant, en 2018, il m'avait déjà stoppée à deux reprises, par une sciatique et une cruralgie. À l'issue des deux reprises de travail, j'avais ressenti de grosses difficultés de motivation, d'élan, pour reprendre le chemin du travail. Ces difficultés étaient bien différentes d'un manque de motivation ressenti parfois après de longues vacances. S'ajoutaient à ce manque d'élan, des maux de tête, des nausées, une boule au creux de la gorge, de légers tremblements…

Ma profession ? AMP (aide médico-psychologique). J'accompagne dans leur quotidien des personnes adultes vieillissantes, en situation de handicap moteur et mental.

Être AMP, c'est bien plus qu'un métier, c'est un don de soi. C'est l'art d'accompagner au quotidien ces « Autres », dans tous les espaces temps et lieux avec une extrême bienveillance.

Avec du recul, il m'est toujours très difficile d'évoquer ce que chaque accompagnement a pu susciter comme ressenti chez Moi. Tout aussi difficile de décrire ce qui me liait à ces personnes et, paradoxalement, impossible d'écrire ce qui m'en a éloignée…

# Bonne année !

**1$^{er}$ janvier 2019**

Je suis en poste. J'effectue mes accompagnements comme chaque jour, mais je me sens détachée de l'équipe, comme postée en apesanteur. J'échange avec mes collègues, je vais, je viens. Je travaille comme les autres jours et pourtant, je garde encore le souvenir d'une atmosphère très particulière avec une vision presque floue, des bourdonnements d'oreille, des palpitations, des pas non assurés…

Je commençais l'année, totalement épuisée physiquement et psychologiquement, mais je ne le savais pas encore !

Pourtant, qui dit nouvelle année, dit vœux et résolutions. Mais non ! Moi je m'étais positionnée toutes ces longues heures de travail sur une voie parallèle, qui, je le constaterai plus tard, me dirigeait déjà vers ma future voie de garage.

Exténuée, je quittais mon job en début d'après-midi ce 1er janvier 2019, et n'y reviendrai JAMAIS.

**2 janvier**

Mon corps me crie de prendre ENFIN soin de lui après une nuit chamboulée par des rêves sombres, des douleurs extrêmes dans le bas du dos, dans ma jambe, mais aussi des sueurs, des nausées. Je dois voir mon médecin avant de retourner travailler, il va me soulager, me redonner ce punch totalement absent…

Utopie ! Rien de cela, bien au contraire ! Tombe le verdict médical du petit matin : cruralgie…

Une semaine plus tard : sciatique…

Encore plus tard : lombalgie… Mon corps m'a définitivement pris en otage…

**Ne me touchez plus SVP !**

Une vague de tensions, de contractures, a envahi mon dos. À chaque évocation « travail », mon corps se raidit, se bloque. On ira jusqu'à me dire que ma colonne vertébrale ressemble à une corde à nœuds. Premier arrêt de travail d'une semaine, puis prolongation d'une semaine, puis deux semaines, puis un mois…

Dans ma tête, c'est l'incompréhension qui s'installe. La plus infime pensée vers mon job accélère un processus redoutable d'associations entre ma tête, mon ventre, mes articulations…

J'ai réellement besoin d'aide… Dans ma tête, tout se bouscule et quand tout se bouscule mon corps me fait mal !

Est-ce ma tête qui guide mes douleurs ou mes douleurs qui envahissent et polluent ma tête ?

Une drôle de sensation viendra naître à ce moment pour ne plus jamais me quitter ; cette impression **de penser avec mon corps et non avec ma tête.**

Arrive alors la première consultation d'une très très longue série de rencontres avec la thérapie… Verdict à l'issue de cette toute première consultation :

— Madame, vous êtes en épuisement professionnel !

À cela, je pense dans un tout petit coin de ma tête : n'importe quoi ! Je suis HS, c'est tout !

Pourtant, mon psychiatre reprend la main sur mon arrêt de travail et s'en suivent alors des prolongations à n'en plus finir…

Je me bats, ou plutôt au début, je me suis débattue. J'essaye d'appliquer à la lettre chacun des conseils de mes thérapeutes. J'associe les soins de l'esprit aux soins du corps. Ce corps qui ne cesse de s'exprimer physiquement mais aussi émotionnellement.

Je dois oublier le travail, mais je n'oublie toujours pas le travail. C'est le désordre total dans ma tête, en mon corps. Dans mon Corps, en ma tête…

Je suis, je ne suis plus… (perturbations spatio-temporelles).

Je sais, je ne sais plus… (altération de l'attention).

J'ai envie, je n'ai plus envie… (perte des plaisirs).

J'ai faim, je n'ai plus faim… (dysfonctionnement alimentaire).

Pas à pas, je poursuis mes matins, mes journées, mes semaines…

Je réapprends à observer, écouter, apprécier les choses simples de la vie. Je réapprends à m'octroyer du temps, juste pour moi.

Je m'aperçois que marcher me redonne un second souffle. Mes douleurs toujours présentes me paraissent bien différentes et différemment supportables. Je marche tant et tant que je ne peux plus concevoir la moindre journée sans. La marche m'apaise, mais la fatigue est omniprésente et souvent très profonde.

Au fil des semaines, des mois, je me remets doucement physiquement, mais ma fragilité émotionnelle reste palpable.

À la moindre émotion, mon cœur s'emballe, les maux de tête m'assaillent. Je suis imprégnée par des images, des sons, des odeurs, des mots qui me donnent la nausée... À la moindre situation venant faire écho à mon milieu professionnel, je bascule dans un schéma de vie juste incroyable.

J'ai le souvenir d'une gestion quasi impossible de certaines situations, comme celle-ci par exemple :

Un matin comme les autres, je me rends au marché d'un village voisin. La route à emprunter est celle que je prenais quelques semaines auparavant pour me rendre au travail.

Quelques kilomètres de conduite et là, subitement, je sens ma cuisse droite se mettre à trembler. Plus j'avance vers la direction souhaitée, plus ma jambe tremble. Brusquement, mon pied gauche se met aussi à trembler à vive allure, m'obligeant à me garer le plus rapidement possible sur le bas-côté de la route. C'est alors que je prends conscience de ce qui m'arrive et les larmes plein les yeux, j'admets être au cœur même d'un burn-out.

Le burn-out que je connais déjà si bien...

## Premier round

**Octobre 2011**

À l'époque, je vivais aux Antilles.

Un matin comme tant d'autres, je pars au travail. J'occupais alors un poste de secrétaire de direction, d'assistante commerciale, d'hôtesse d'accueil, de standardiste, de déléguée à l'insertion de la publicité dans divers journaux, et j'en passe… J'arrive sur mon lieu de travail, la tête totalement embuée par le manque de sommeil (trop de pensées pour le travail) ; le corps lourd (pourtant, perte de 7 kilos en très peu de temps) ; les mains tremblantes, des nausées, la gorge serrée. Je vais saluer mon grand patron comme chaque matin, une demi-heure avant l'heure dite de mon embauche, la charge de travail ne me laissant guère le choix. Il me tend la main me précisant que je n'ai pas bonne mine et là… plus rien… J'en ai fini, je m'écroule, je ne pourrai pas, je ne pourrai plus surtout !

Et Oui ! C'est durant cette période que j'ai découvert pour la toute première fois tous les ressentis terribles du burn-out :

•Les tremblements ingérables du corps…

•Les maux de gorge si intenses et tellement douloureux empêchant de prononcer le moindre mot…

•Les nausées qui s'annoncent de si loin, que l'on a la sensation de visualiser ce qui se passe en nous…

•Cette grande fatigue qui frappe n'importe quand et nous laisse sur le carreau…

•Les réveils « hagards » certains matins, sans savoir où l'on est…

•Cette incapacité à porter son attention sur ce qui est dit, sur ce que l'on doit faire, sur ce que l'on fait…

•Cette énorme perte de mémoire qui, personnellement, m'imposait d'évoluer au travail grâce à un bureau tapissé de post-it…

•Cette faculté de continuer à dire « Oui » à tout le monde alors que le « Non » s'imposait comme une évidence…

•Cette colère qui ronge et ravage et qui nous fait parfois exploser, suite à un grain de sable venu se poser sur notre route sinueuse.

C'est comme dévorée de l'intérieur que je faisais face à mes journées, tellement persuadée que cet état que je nommais de fatigue n'était que passager !

Pour résumer quelque peu la situation qui précédait ce premier burn-out, je terminais tout juste une année de collaboration avec un « petit » patron issu de la même famille que les membres de la haute direction. Il lui avait été confié un poste de sous-directeur et, entre autres, j'étais l'une de ses assistantes.

J'avoue n'avoir jamais compris ses pensées, ses agissements, ses conversations, le regard qu'il portait sur le monde et ses gens. C'est un béké, c'est-à-dire une personne blanche, créole, descendant des premiers colons européens (les propriétaires d'esclaves, tout simplement).

Il parlait toujours haut et fort, il parlait plus qu'il n'écrivait, l'écriture de la langue française n'étant pas son sport favori… Un petit boss, petit patron, qui se permettait tout, tout le temps, sans aucun scrupule. Un petit patron, un petit boss, qui criait depuis son joli bureau en se frappant le torse :

— UNGAWA-UNGAWA… Toi pas avoir fait affaire ? (S'adressant à son collaborateur), lui, « l'Antillais de couleur », qui venait de louper une vente immobilière.

C'est bien cela, petit boss, petit patron, qui prenait aussi un malin plaisir à venir me déposer des dossiers vers 19 h, alors que 17 h était l'heure de fermeture. Mais je n'avais d'autres choix que de faire perdurer les journées pour être à peu près à jour dans « l'exécution » de mes tâches illimitées.

Seulement, il y eut ce fameux soir, qui, je pense, a enclenché ma descente aux enfers. Une demande de sa part m'obligeant à finir encore plus tard, ou à commencer le lendemain encore plus tôt, que le plus tôt déjà en place. Le plus poliment du monde, je lui fais remarquer que techniquement et humainement je ne peux malheureusement pas répondre à sa « commande ».

Il pose alors sa main sur mon épaule me demandant de le regarder et me dit :

— Martine, dans la vie, il y a deux types de personnes : les dominants et les dominés… JE SUIS LE DOMINANT ! On s'est compris ?

Tout était dit. Tout était fait en sorte d'attiser ce feu, qui se consumait en moi depuis de très longues semaines. Semaines que je n'ai réussi à décrire qu'au travers de mes mots, posés à ma façon, selon mes capacités d'expression du moment…

*Le BURN-OUT !*

*J'ai tenu une année,*
*Une année à me ronger.*
*Qu'ils étaient difficiles les réveils*
*Après une nuit sans sommeil !*
*Le rendez-vous d'une nouvelle journée*
*Ne faisait qu'alimenter mon stress installé.*
*Des nausées, pour accompagner mes premières heures,*
*Des douleurs et tremblements traduisant mes peurs.*
*Peurs des confusions, des oublis, des erreurs !*
*Assurer pour tout le monde en temps et en heure.*
*Gérer les rendez-vous allant jusqu'au privé,*
*Tout juste si la gestion de leurs pensées*
*N'était pas additionnée !*
*Des journées d'angoisse au déjeuner abandonné,*
*Pas de temps pour se restaurer,*
*Et encore faudrait-il ne pas avoir l'appétit coupé !*
*Des heures à porter un masque fait*
*D'anti-cernes, de sourires forcés.*
*Des matinées à attendre une si minime pause déjeuner,*
*Que déjà l'heure de la reprise a sonné !*
*Et ainsi s'enchaînent des jours de sursis,*
*Des semaines à attendre le vendredi.*

*Me hante déjà le retour du lundi matin,*

*Ses nausées, ses douleurs, ses tremblements quotidiens.*

*Puis un matin, on franchit le seuil du bureau,*

*Le corps impossible à gérer nous prend de haut*

*Et nous ramenant à la raison*

*Il dit NON !*

*Alors plus rien*

*Tout s'éteint.*

*Calme plat,*

*Je ne suis plus là !*

Jamais je n'aurais pensé récidiver !

Et pourtant… Pour d'autres raisons…

# Des pressions à la dépression…

Deux burn-out, deux dépressions graves.

Deux « Put… » de maladies très complices, allant souvent de pair…

Aussi virulentes qu'un virus, elles anéantissent à tout petit feu leur proie. Elles s'invitent au sein de votre vie professionnelle mais aussi privée… Elles font souffrir, elles abîment, elles détruisent… C'est un terrible cocktail explosif d'émotions, de troubles ingérables, de ressentis nauséeux, de souffrances parfois indescriptibles qui ravagent.

***Mais qu'est-ce qu'un burn-out*** ?

C'est voir chaque matin le jour se lever sans aucune motivation. Arriver au travail à reculons, la boule à la gorge et au ventre, et imaginer l'heure de la sortie dans l'instant qui suit. C'est espérer en tous les possibles. C'est se convaincre que l'on arrive encore de temps en temps à travailler avec ses propres valeurs. C'est la gorge, l'estomac, les membres noués accomplir les moindres gestes et actes dans la douleur, dans la souffrance. C'est s'imaginer que l'on ne vaut absolument rien, puisque « les gens d'en haut » ne nous voient pas, et nous écoutent si peu ! C'est donner de soi jusqu'à n'en plus pouvoir…

***Qu'est-ce que la dépression grave*** ?

C'est voir chaque matin le jour se lever sans aucune conviction. Puis attendre que la nuit tombe. Sombrer ensuite dans le sommeil forcé, espérant ne plus souffrir ne serait-ce que quelques heures. C'est naviguer entre tristesse, désespoir et la perte de contrôle de soi-même. C'est ne plus être en capacité de gérer sa vie au quotidien, l'absence de volonté, de plaisirs, de croyances, de confiance, de projections vers le futur… C'est évoluer jour après jour imprégné par l'angoisse, la peur. Pour, au final, flirter avec l'idée de quitter ce monde.

**5 décembre 2011**

Je trouve ENFIN l'inspiration !

Quelques émotions viennent se poser noir sur blanc. Écrire pour gribouiller, déposer, libérer, soulager, exhorter…

Je suis seule, dans le calme absolu. Tout en inscrivant ce qui fait si mal à l'intérieur, je tente de dégager cette boule d'angoisse qui m'empêche de respirer librement.

Chaque jour qui passe, je me sens en sursis, maintenue debout grâce à l'absorption de nombreux médicaments ; anxiolytiques, antidépresseurs, somnifères.

*Anxiolytiques* : pour me permettre (par exemple), d'affronter les diverses administrations liées à la perte de mon emploi ; (d'un commun accord avec mon employeur, signature d'une rupture conventionnelle.)

*Antidépresseurs* : pour ne plus pleurer, pour oublier combien ce monde dans lequel je ne trouve plus ma place me déçoit.

*Somnifères* : pour un passage obligatoire dans un monde ténébreux, sans terreurs nocturnes.

Shootée, voilà comment je tiens depuis ce burn-out ! Mais sans tous ces médicaments « du bonheur », qui serais-je devenue ?

Alors c'est vrai, aujourd'hui est un grand jour. Cela faisait des semaines que je n'arrivais plus à porter noir sur blanc mes émotions, mes incompréhensions, ma colère.

Bien que la difficulté à formuler correctement ce que je traverse soit présente, je dépose en vrac ce qui me trotte dans la tête, puis me court le long du bras pour s'extirper du bout de mes doigts.

À chaque pensée douloureuse, ma respiration se modifie. Elle s'accélère, pour venir ensuite mourir, prise au piège de mes cordes vocales. Cordes vocales qui se nouent, ne laissant plus glisser qu'un filet d'air. Je respire à fond gonflant mes poumons à bloc, pour laisser ensuite s'échapper dans un souffle, un vent d'angoisse, qui m'apaise juste sur le moment…

Je profite alors de cet instant pour reprendre mes écrits, peut-être au caractère thérapeutique, ou pas !

Je me remémore alors, ces cinq semaines de retrait total dans un centre de soins de suite et de réadaptation.

L'urgence avait été vitale de me couper du monde, de tout le monde sauf de mes enfants.

Situé dans un cadre verdoyant de la Guadeloupe, ce centre de soins avait vue sur l'une des plus belles baies du monde « La Baie Des Saintes ».

Le climat aidant, j'avais l'opportunité de me promener dans le parc de la clinique, l'opportunité de déposer mon regard sur mon île de cœur. Admirer ce lieu que je porte toujours en Moi, qui faisait résonance avec mon âme, qui faisait partie intégrante de ma convalescence.

« Mes Saintes Chéries », mon île, ce lopin de terre où je fuyais me réfugier presque tous les week-ends, pensant que son oxygène, ses gens, sa beauté viendraient à bout de mes souffrances. C'est en écrivant ces quelques mots que je prends conscience de l'importance de cette île. Belle, chaleureuse, unique, elle n'aura cessé de m'accompagner tout au long de ma vie antillaise, et cela dans les bons comme les moins bons instants.

C'est à force d'aller et venir vers cette vue imprenable que j'ai découvert les bienfaits de la marche. Je constatais un certain lâcher-prise durant les heures que je passais à marcher en extérieur, mais aussi en intérieur, lors des séances de coaching sportif. Je me démenais, c'était un besoin plus qu'une envie, puis ce fut une envie plus qu'un besoin… Marche que j'ai totalement intégrée dans ma vie aujourd'hui.

**Jeudi 8 décembre 2011 :**

Achat d'un journal intitulé « La petite voix » d'Eileen Caddy.

À cette période, ce livre magique était ma « bible » au quotidien.

**Lundi 12 décembre 2011**

Eileen Caddy écrit à cette date :

*Souviens-toi, personne d'autre que toi ne peut vivre cette vie pour toi, personne d'autre que toi ne peut s'exercer pour toi. Il n'y a que toi qui puisses le faire. Alors, pourquoi ne pas commencer dès maintenant ?*

Eileen Caddy

Et ma vie suit son cours…

## Joyeux anniversaire !

**Jeudi 5 juillet 2012**

Je choisis le jour de mon anniversaire pour quitter les Antilles et revenir m'installer en métropole.

Je réapprends les saisons. Je prends le temps d'apprécier mes choix, de partager, d'échanger, de rencontrer, de savourer les moindres plaisirs…

Mais le chemin sera encore très long et je le sais. Pourtant, je ressens la volonté de poursuivre autrement, afin de trouver une petite force suffisante pour bâtir ce qu'aujourd'hui j'ai très envie d'appeler ; « Ma nouvelle identité » !

Dix mois d'arrêt maladie, intégrant hospitalisation et très long travail de reconstruction. Arrêt nécessaire, mais je m'impatiente de retrouver une vie professionnelle différente de celle laissée derrière moi. Le temps me dira que l'impatience ne va pas de pair avec le burn-out !

Je pense être réellement prête à reprendre une vie professionnelle. Par ailleurs, mon thérapeute m'encourage et m'accompagne en ce sens. Alors que mon bilan de compétences fait ressortir très clairement une voie tracée auprès des enfants, je vais pourtant cheminer auprès d'une population totalement à l'opposée : personnes vieillissantes en situation de handicap moteur et mental.

**Pourquoi ce choix ?**

Tout simplement parce qu'un CDI sur un foyer de personnes déficientes adultes est à la clé, si je m'engage à suivre une formation diplômante d'aide médico-psychologique.

Je ne prête pas attention à ce bilan qui, pourtant, aurait dû être mon allié. Il me fallait un job, il me fallait assurer ma vie financièrement avec deux enfants à charge. En attendant, c'était déjà un grand pas professionnel pour, peut-être un jour, me rapprocher de ma voie révélée par ce bilan.

Je découvre alors un site professionnel exceptionnel, situé en pleine campagne, accueillant des gens tout aussi exceptionnels.

Même si je sais que les journées seront parfois très difficiles, je prends plaisir à m'intégrer corps et âme, au cœur même de cette nouvelle vie professionnelle.

S'en suivent des départs au travail chaque matin de bon cœur, très motivée. J'apprécie les nouvelles journées qui s'enchaînent sur la découverte d'une profession que j'adopte naturellement. Je prends mes marques au sein de l'équipe, mes relations avec les résidents sont d'une fluidité naturelle… J'ai ENFIN trouvé ma place !

Je m'entends encore dire :

— Je ne me verrais pas faire autre chose aujourd'hui !

Et c'est parti !

Comme trop souvent, je fonce tête baissée. Je fais ma place jour après jour dans le médico-social.

J'apprends beaucoup sur le terrain puis en formation. J'ai appris bien plus sur le terrain qu'en formation.

Travailler dans le social n'est pas une question de hasard ! C'est un choix justifié par qui nous sommes, tout simplement. Quel est ce désir de vouloir aider « l'autre », de le suivre, de l'accepter dans ses moindres travers, avec ses innombrables démons ! C'est en fouillant dans sa propre histoire, à travers son propre parcours que l'on sait pourquoi nos pas nous ont guidés jusqu'à ces personnes.

Pour ma part, je ne savais pas qu'en m'immergeant au sein d'un foyer de personnes vulnérables vieillissantes, je venais soigner moi-même mes propres blessures.

Comme quoi, oui, il n'y a pas de hasard encore une fois !

Bien sûr, les formations sont indispensables pour apprendre à comprendre telle ou telle pathologie, pour apprendre à appréhender telle ou telle situation. Mais si vous n'avez pas le moindre soupçon d'humanité, de patience, de bienveillance, d'écoute, vous n'êtes pas au bon endroit.

J'ai passé six années sur ce même foyer, auprès des mêmes résidents, que je connaissais très bien et qui me connaissaient tout aussi bien !

Ces six années furent teintées de luminosité mais aussi d'obscurité. Ce don de soi n'a pas de prix lorsqu'il vient illuminer vos journées. Mais comme il peut être terrible en charge émotionnelle lorsque la mort s'y invite !

Il est une très grande particularité dans ce milieu, celle qui tient au lien très fort que nous, accompagnants-soignants, entretenons avec ces personnes en situation de handicap. Cette proximité due à ce temps passé quotidiennement ensemble, cette notion de référent avec certains et ce lien tissé aussi avec les familles. Ce n'est pas un travail, un job, un taff… C'est une mission quotidienne ! Un jour, j'ai dit à un ami que je souhaitais partir en mission humanitaire à travers le monde. Il m'a interrompue rapidement, me précisant que ma mission humanitaire, je la réalisais chaque jour auprès de ces personnes, plutôt qu'en parcourant le monde. À bien y réfléchir, c'est une réalité !

C'est aussi cet attachement aux personnes que j'accompagnais qui venait fausser ma projection vers le futur, ma projection vers un autre foyer, vers même une autre association.

Malgré tout, à plusieurs reprises, j'ai exprimé verbalement mais aussi par écrit le souhait d'une mobilité vers l'accompagnement des enfants en IME (institut médico-éducatif). Au plus profond de moi-même, j'avais besoin de changement, j'avais besoin de poursuivre « ma mission » avec un tout autre public. Je prenais conscience tout simplement que je ne m'épanouissais plus dans ce poste au travers de mes actions.

Par ma direction, j'étais écoutée, mais pas entendue comme je l'aurais souhaité.

La routine n'était pas installée uniquement dans la réalisation de mes journées, ou celle de toute l'équipe. Elle s'inscrivait aussi, pour certains aspects, au sein même de l'institution. Un schéma bien structuré depuis des années, des cloisons érigées entre les différents pôles (enfants, adultes, travailleurs…), offrant tellement peu de possibilités de mobilité interne.

Quel dommage pour l'ensemble d'un personnel dont on parle si peu, car toujours effacé, voire invisible !

Certains disent qu'à force de s'occuper des autres, on s'oublie soi-même…

**ATTENTION ! Impact Burn-Out… Touchée !**

## Touchée…
## Pour mieux couler…

J'aurais dû reconnaître mes colères intérieures consécutives à mes incompréhensions. Mais je n'ai rien vu venir. Tout s'est installé pour une seconde fois insidieusement.

Pourtant, j'étais sûre de moi, je pensais que cette reconversion était une réussite totale.

J'aimais mon nouveau « Job », ma nouvelle mission. J'avais ENFIN la sensation d'être à ma place professionnellement. Il n'était pas question comme par le passé de résultats, de chiffres, de rentabilité, de prouesses commerciales, de racisme voire de harcèlement moral. Il était question d'Humanité… H U M A N I T É !

Un travail où ma place me semblait dessinée, en pleine nature, au sein d'une équipe soudée. Que demander de plus pour être épanouie professionnellement ?

Malheureusement, il paraît que les bonnes choses ont souvent une fin.

Nous étions en décembre, mois magique, souvent féerique. Un terrible accident vient arracher la vic à l'un des résidents que j'accompagne, transportant quelques autres aux urgences pour divers traumatismes.

Choc émotionnel terrible pour beaucoup de résidents et de professionnels.

**ATTENTION ! Impact Burn-Out… Touchée !**

*Choc émotionnel terrible pour beaucoup de résidents et de professionnels…* Il existe des évènements tellement improbables, qu'ils demeurent à jamais impossibles à décrire… Comment exprimer aujourd'hui le début de ma fin, si ce n'est par ces quelques mots :

— C'est l'histoire d'un avion venu s'écraser sur un foyer d'accueil médicalisé, accueillant des personnes en situation de handicap lourd…

C'est bizarre comme lecture vous ne trouvez pas ?

C'est tout aussi bizarre de l'écrire même des années plus tard !

OUI… Aujourd'hui, avec du recul, j'ai la certitude que ce fut pour moi le début de la fin. Une fin professionnelle s'annonçant longue et empreinte de hauts et de bas. À mes yeux, l'univers du social allait perdre tout son sens au fil des heures, des jours, des semaines, des mois et des années. Au fil de ce que j'allais voir, entendre, tenter de comprendre.

Ce crash aérien allait nous imposer un réel parcours du combattant sur des années… Faire avec peu, faire avec rien… S'adapter, se réadapter…

Assurer, rassurer…

S'oublier, m'oublier et oublier…

Mais non, oublier était impossible ! Pourtant, j'ai le souvenir de m'être entendue dire :

— Il serait grand temps de déposer un mouchoir sur ce drame et passer à autre chose !

Au fil de ces années, ma tête enregistrait, mon corps se fragilisait et s'imprégnait de mes non-dits.

Bien trop souvent, j'ai placé le silence avant la parole. C'est ce silence qui s'inscrivait en moi.

De jour en jour, de mois en mois, d'année en année, tout venait s'inscrire en mes chairs. Mes incompréhensions, mes désillusions, ma fatigue physique, psychique. Je glissais doucement dans un monde du social qui en fait, n'avait plus rien de social à mes yeux. Tout s'écroulait, à l'image des murs de ce foyer d'accueil médicalisé, sous la violence d'un crash aérien.

Je tentais de me persuader que je n'étais pas venue pour « surfer sur du politico-social », mais pour faire mon métier. Mettre tout en œuvre afin que ces personnes pour lesquelles j'étais venue donner de mon savoir-faire, de mon savoir-être, de mon aptitude à entendre, à échanger, à transmettre, se sentent au mieux.

Certains bureaucrates disent que le temps c'est de l'argent. Je confirme. J'ai vu du temps dédié aux personnes accompagnées, se faire absorber par de l'administratif, des réunions, des actions symboliques juste pour faire entrer quelques euros !

Telle une machine bien huilée, des exigences continuaient de tomber depuis les très très hautes sphères. Impossible d'occulter tout un processus obligatoire qui, au final, alimente les salaires, un fonctionnement et la vie de toute une institution.

C'est ce que j'ai nommé de « politico-social » qui va me rapprocher doucement mais sûrement de la sortie, sous forme d'un second burn-out…

À l'interrogation du sens à donner à mon métier, venait s'ajouter un sentiment d'abandon, de manque de reconnaissance.

Il faut savoir que l'action du métier d'AMP se situe dans les temps répétés du quotidien, auprès des mêmes personnes, c'est un fait.

Malheureusement, ma fatigue, mon épuisement étaient tels, que « ce fait » fut pour moi accablant.

Tous les jours me paraissaient identiques. À la même heure, les mêmes mots pour accompagner les mêmes gestes. Des enchaînements d'actions, de soins, devenus des habitudes quotidiennes et répétitives sur une même journée, tels des rituels, une routine. Pourtant, cette routine ne retirait en rien mon attention, mon écoute et ma volonté de répondre au mieux aux demandes de ces personnes. Mais je perdais l'envie, le découragement me rongeait et envahissait mon corps à sa manière. Je combattais ce que je ressentais, je me battais pour relativiser afin de positiver.

Malgré tout cela, j'allais petit à petit m'engager dans un processus me conduisant doucement mais sûrement vers la sortie, car je m'épuisais, n'arrivant plus à donner le moindre sens à mes actions.

Bien que mes idées s'embrouillaient de plus en plus, mon écoute à l'autre (cet autre pour lequel je venais chaque jour) résistait jusqu'à maintenir son authenticité.

Mais parallèlement je pensais à nous, gens de terrain. Qui nous écoute !? Qui nous entend ?! À quel moment le « prendre soin de l'autre » s'applique-t-il depuis les très hautes sphères vers le « petit personnel, les petites mains… ? »

D'autant que ces « petites mains » sont celles dont ces personnes vulnérables ont tant besoin ! Et ces mêmes « petites mains » seront celles qui, un jour ou l'autre, à force de pointer du doigt tant d'incohérences, trembleront jusqu'à ne plus pouvoir « toucher l'autre ». Alors que parfois, nous sommes « Tout, chez l'autre ! ».

**AU SECOURS ! Moi qui croyais être dans le social !**

Et la vie suit son cours… Et ma vie, jour après jour…

J'ai un job, donc un revenu pour un toit et tout ce qui va avec. Ce toit deviendra petit à petit mon refuge. Un lieu où il sera impératif de rentrer juste pour me poser et tenter de dormir. Dormir, car la fatigue est présente, omniprésente, envahissante, imposante, débordante… Mais je tiens ! Et avec le sourire qui plus est !

Travailler dans l'urgence, la précipitation, faute de personnel tout simplement, ou faute d'un personnel compétent et motivé, devenait coutumier. Un rythme qui ne permettait ni la réflexion, ni le raisonnement et encore moins le discernement.

**Mais « Prendre le temps » est devenu presque un concept !**

Alors, certains matins, en sous-effectif, se positionner dès l'embauche sur les starting-blocks devenait une façon particulière d'appréhender les journées. Faire pour faire, aller au plus vite encore et toujours, en dépit du bon sens, mais surtout au détriment de bonnes prises en charge des personnes accompagnées. J'en étais réellement arrivée à travailler à l'encontre de toutes mes valeurs, à l'encontre de mes pensées, en contradiction avec moi-même. À tel point que **parfois j'avais honte, je me faisais de plus en plus honte car je n'étais plus moi-même !** Je ne me reconnaissais plus dans mes actions. Je trahissais et bafouais mes valeurs, mais le fonctionnement de mon institution ne me permettait guère d'autres choix.

Vint s'ajouter à ce sentiment insupportable, un terrible constat qui était celui de *rentrer chez moi plus bête qu'en étant partie le matin* ! Certains jours, tout simplement, « Il fallait y aller… » ! Accomplir, se dédoubler, assurer et SURTOUT… sans chercher à penser !

**À force de ne plus penser, on en arrive un jour malheureusement à devoir panser…**

J'étais si loin d'imaginer qu'un jour prochain, le terme burn-out retentirait à nouveau à mes oreilles. Je connaissais ma sensibilité accrue. Je savais ou plutôt, je pensais savoir comment me protéger. Mais NON !

Je venais pour eux ! J'étais leur tête à penser, leurs mains pour leurs soins, pour la prise des repas. J'étais leurs jambes pour la marche, pour les sorties… Je venais « prendre soin » d'eux, dans tous les moments ou les lieux qui jalonnent leurs journées.

Je pensais connaître mes limites ! Mais les connaît-on réellement un jour ?

Naviguant en eaux troubles, les signaux transmis par tout mon être ne m'ont pas alertée, et pourtant, ces signaux m'étaient déjà familiers. Je n'ai pris conscience de rien et pourtant ils s'installaient insidieusement ; l'asthénie, la perte de sommeil, de l'attention, le dégoût de l'alimentation, les nausées, les tremblements, les douleurs intenses, les blocages, les tensions.

Chaque jour, je quittais mon travail sans réussir à déconnecter mes pensées.

Je n'avais plus la force de vivre pleinement ma vie privée en parallèle. L'unique sensation que je perçois encore aujourd'hui est de n'avoir vécu que pour le travail, à travers le déroulement du temps, à travers mes pensées, mes douleurs. C'est cela, ma vie n'était que « TRAVAIL », oubliant ma vie privée en parallèle…

La routine s'était invitée et m'entraînait avec elle dans ses rouages.

**Janvier 2019,** du jour au lendemain…

Si Moi, je n'ai rien vu venir, mes collègues non plus ! Par contre, eux ont très vite compris que je ne reviendrais pas. Ne plus revenir, ne plus y retourner, ne plus y aller, ne plus embaucher, ne plus pouvoir… J'ai longtemps porté une terrible culpabilité à abandonner « mon » équipe, épuisée nerveusement pour certains et physiquement pour d'autres. Puis les jours ont passé, les semaines, les mois. Je me suis définitivement effacée, et l'équipe aussi ! Des arrêts longs, des démissions, des reconversions… Mais à bien y penser, aurais-je été le facteur déclenchant ?

## Vous avez dit « Déni ! »

***« L'art d'esquiver pour survivre… »***

Un arrêt, puis des mois de prolongations sont derrière moi.

Mon corps est en souffrance, parfois grande souffrance. Mon esprit n'arrive toujours pas à imaginer le moindre retour au travail. Je réalise être partie un 1er janvier à quinze heures, sans crier gare, sans m'être imaginée la moindre seconde, que je faisais une sortie au non-retour…

Il faut du temps… Voilà les mots qui me reviennent en permanence. Du temps, seulement j'ai déjà la cinquantaine bien passée, un burn-out puis deux et des dommages collatéraux qui s'éveillent doucement mais sûrement. Une sensibilité quelque peu travestie en hypersensibilité émotionnelle, sensorielle, olfactive, auditive.

Des mois pour panser, des mois pour penser, des mois pour écrire, des mois pour décrire… Des mois que je n'ai pas vu passer. Aujourd'hui résiliente, je fais le constat d'une longue traversée du désert à travers mes mots très précis, flirtant avec ma poésie…

Tout d'abord, ce fut un **choc**, me demandant ce qui était en train de m'arriver, me demandant pourquoi « Moi » alors que mes collègues tenaient bon (ça, c'est ce que je pensais !)

*J'ai mal !*

*J'ai froid au-dedans*
*Tout se crispe et se froisse*
*Par différents moments,*
*Laissant place à un flot d'angoisse.*

*Ma gorge est nouée*
*Mon ventre me fait mal*
*Mon esprit est embué*
*Je vais si mal !*

*Comment le dire ?*

*À qui se confier ?*

*Pourquoi tant souffrir*

*Pour en même temps s'oublier !*

*Le jour tumulte actif,*

*La nuit, rêves travestis.*

*Il ne s'agit plus d'un combat passif*

*Mais bel et bien d'une guerre sans merci.*

*Le temps est court et long à la fois,*

*La douleur mérite un point final.*

*N'y a-t-il pas ou peu de choix*

*Dans un épisode aussi invivable !*

*J'ai mal à la tête,*

*J'ai mal au cœur.*

*Jamais de jours de fête,*

*Jamais de jours sans peur.*

*Il est loin le temps des rires et des clameurs,*

*Des cœurs légers et plein de vie.*

*Reviendront-ils les jours meilleurs*

*Pour enfin faire de ma vie une véritable Harmonie !*

Ensuite, je suis entrée dans une phase de **déni** total. Comment être dans l'acceptation de ce que je considérais comme étant un échec ?

*Je me suis levée tellement fatiguée !*
*Des jours et des nuits sans me reposer.*
*Le jour ne me suffit pas à lâcher prise,*
*La nuit ne veut pas de moi sinon me fait d'affreuses surprises.*

*À pleins poumons je respire.*
*Je ferme les yeux, et alors j'aperçois une fenêtre s'ouvrir*
*Laissant s'échapper une partie de mes angoisses, de mes peurs,*
*Disparaissant dans le souffle d'une bise pour d'autres ailleurs.*

*La poésie telle une respiration*
*M'entraîne sur des chemins sans fiction.*
*Des chemins qui ont tous pour moi une définition*
*Que je traduis parfois si facilement, par une multitude de sons.*

*Ma bouche se tait*
*Mon esprit se plaît*
*À dessiner mes mots sur ce papier*
*Les faisant danser au bout de mes doigts tel un majestueux ballet.*

Le déni, la culpabilité n'auront cessé de m'envoûter, retardant ainsi mon processus de guérison. Je faisais tout simplement du déni ma réalité.

Je vivais au quotidien au travers des projections incessantes vers mon job. Je n'y allais plus, et pourtant j'y étais chaque jour. Tout m'y ramenait. C'était au détour d'une promenade (un fauteuil roulant), au coin d'une rue (passage d'un véhicule adapté), lors d'une conversation (expression, mimique, évocation). Une partie de moi était restée entre les murs de mon lieu de travail. Des images, des odeurs, des sons, tout était source de ricochet. Mes quelques heures de sommeil me retraçaient différents films mettant en scène ma vie professionnelle dans des scénarios totalement improbables. Cette situation de déni dans laquelle je m'étais installée s'étira sur des mois. Je ne pouvais rien entendre, je ne voulais rien entendre. Jusqu'au jour où mon thérapeute (peut-être exténué ce jour-là) me précisa à nouveau « la chose », d'une façon plus enlevée et directe. N'ayant pas l'habitude de l'intensité d'un tel discours, je pris de plein fouet le message, telle une gifle. Je me suis tue, mes yeux s'emplirent de larmes, j'acceptais alors **ne plus jamais pouvoir reprendre mon poste de travail.**

Comment expliquer ce qui se passe à l'instant T, dans mon esprit ?

J'admets ENFIN qu'il va me falloir à nouveau changer d'orientation professionnelle. En aurai-je réellement la force, alors qu'au plus profond de moi s'éveille instantanément mon désengagement professionnel. Comment œuvrer avec mes propres valeurs, à l'encontre d'un fonctionnement sociétal avec lequel je n'arrive plus à m'accorder ?

Tout se bouscule dans mon esprit et parallèlement tout se crispe en mon corps.

En fait, j'étais déjà dans le déni bien avant d'être au cœur de la situation ! Les sciatiques, cruralgies, blocages étaient les témoins lumineux grâce auxquels j'aurais dû être vigilante. À plusieurs reprises, j'ai refusé des arrêts alors que mon corps et mon esprit appelaient au secours. J'ai arpenté mon lieu de travail avec des blocages, des douleurs intenses. Il était peut-être encore temps à ce moment-là d'éviter l'effondrement.

L'année précédant mon burn-out, je suis restée des mois avec des douleurs au niveau de l'articulation sacro-iliaque. À l'époque, mon kiné me mettait en garde soulignant le fait que cette articulation venait m'interpeller :

— Iliaque tu es fatiguée

— Iliaque tu es épuisée

— Il y a que… tu vas t'écrouler !

***Mais je ne voulais rien entendre, ni de mon corps ni d'un excellent professionnel.***

Ensuite, la **colère** s'est mise à gronder en moi, sans que je ne puisse la contrôler, la gérer. Tant de questionnements ! Qui était le ou la coupable de ma situation ?

Pourquoi n'ai-je pas su me protéger ? Pourquoi Moi ? Encore et toujours…

*Il y a des jours, on ne sait pas pourquoi*
*L'envie d'écrire nous prend, elle est là.*
*Au final, je sais pourquoi…*
*C'est parce que ce jour-là ça ne va pas !*

Ensuite s'est invitée la **dépression**, avec cette sensation de voir s'écrouler ma vie, plus rien n'étant possible à mon âge ! J'étais la seule et unique coupable de ce terrible échec !

*Funambule,*

*Des sables mouvants,*
*Une pluie fine mêlée à la poussière de sable blanc.*
*Un grain s'échappe pour alors venir*
*Dans mes cheveux emmêlés, mourir.*
*C'est alors que tout va commencer,*
*Partie de rien, ma journée va s'ébranler.*
*Je suis ce funambule sur son fil*
*Qui n'a d'autre exil*
*Que cette ligne chancelante*
*Pour assurer et continuer*
*Ses projets et son trajet.*
*Surtout ne jamais se retourner !*
*À chaque instant ne pas tenter*
*Vouloir abandonner.*
*Droit devant regarder*
*Pour ne pas tomber.*
*Attention le sol est bien bas,*
*Si chute, il n'y aura pas de prochaine fois.*

Après des semaines de soins très réguliers vint l'heure de la **convalescence.** Période traversée plus légèrement, avec un esprit plus libre, moins coupable, me permettant d'espacer quelque peu mes prises en charge thérapeutiques (soins du corps et de l'esprit). Je commence alors à prendre du temps pour moi. Je m'ouvre à nouveau au monde qui m'entoure. Cette ouverture m'offre la liberté, le choix, la prise de conscience. Une nouvelle naissance s'éveille, s'alimente et grandit doucement.

*Je vous écris cette lettre*
*Que vous lirez peut-être*
*Si vous jugez encore opportun*
*D'accepter de prendre de mes nouvelles un prochain matin.*

*Je vais de mieux en mieux chaque jour qui passe,*
*J'admire le reflet de la lumière et je ne m'en lasse !*
*Pour moi, la nature a revêtu ses plus belles couleurs*
*Et fait pousser ses innombrables bouquets de fleurs.*

*Pour fêter mon retour à la vie*
*En m'accompagnant un temps indéfini,*
*Les cascades font ruisseler leurs plus belles mélodies*
*Qui m'apaisent et auxquelles je m'identifie.*

*De même, sur moi, Madame La Lune veille*
*À l'heure même où je sommeille.*
*Plus rien ne peut m'arriver,*
*De sa lueur argentée, elle a décidé de me protéger.*

Enfin l'**aboutissement** de tant d'efforts… L'espérance se dessine, se fait ressentir…

*Un ange est passé me voir.*
*Tout doucement s'est approché*
*Pour me conter une douce histoire.*
*Mon histoire, mes vérités !*

*Petit ange m'a vu pleurer.*
*Timidement est venu poser*
*De tendres et doux baisers*
*Sur ma joue mouillée.*

*Petit ange m'a rassurée,*
*Me chuchotant que la tempête était passée.*
*Une légère brise finit de s'étirer,*
*Mes jours heureux sont tout près !*

## Mon mille-feuille…

Je n'ai trouvé meilleur exemple pour décrire le burn-out que le mille-feuille. Je trouve qu'il schématise parfaitement le cheminement d'une vie. Au commencement, il y a :

— Le socle, qui évoque notre naissance et notre éducation, plus ou moins stricte. Pour ma part, ma vie professionnelle est venue à plusieurs reprises faire écho à mes blessures d'enfant.

— Viennent ensuite se déposer diverses couches plus ou moins douces, faites de découvertes, d'apprentissages, de réalisations. Le tout, agrémenté de belles histoires, de réussites, de prouesses, mais de défaites aussi.

— Ensuite, se pose délicatement une couche plus rigide, étage porteur de la vie sociale, amicale, amoureuse. Elle sera, petit à petit, recouverte généreusement de couches fines sur couches émincées ; lots de joies, déceptions, bonheurs, trahisons, surprises, abandons.

— Puis se superpose une autre couche rigide, l'édifice professionnel. Portion arrosée de défis, de dualités, de challenges, d'opportunités…

— Ainsi de suite, couche sur couche…

Tout au long de notre périple humain, nous créons, nous nous investissons, nous construisons notre demain, bercés par un flot d'émotions, de stress, d'anxiété, de chocs émotionnels parfois. C'est bien cela, nous construisons notre avenir avec toutes ces choses venues s'inscrire en nos chairs au fil de notre cheminement.

Ce sont toutes ces choses qui, déposées une à une, l'une sur l'autre, érigent notre mille-feuille. Et on ne peut s'imaginer qu'un jour, le monde du travail viendra l'ébranler.

Pourquoi ?

Parce qu'il sera venu titiller certaines blessures très personnelles du passé, il sera venu ouvrir des brèches timidement fermées.

Et oui, ce mille-feuille a des limites à son édification. Et comme toute construction mal consolidée, le pire peut arriver.

## Dommage !
## Et dommages…

Qui dit burn-out dit syndrome évolutif d'épuisement. Le corps souffre terriblement durant des semaines, des mois, des années parfois, jusqu'au jour où il décide de nous stopper, totalement exténué. La souffrance a pris place, elle est bien réelle et difficilement acceptable pour celui ou celle qui subit au quotidien.

Contrairement à ce que l'on peut lire parfois dans certains magazines populaires, le burn-out serait le phénomène à la mode. Erreur ! Le burn-out n'a absolument rien de tendance. Il est redoutable, arrive à pas de velours, s'installe et s'éternise à travers ses dommages collatéraux.

Il ne s'agit pas d'un simple coup de blues… Attention ! Dites-vous que si vous êtes en capacité de dire à votre collègue, « mon dieu je suis au bord du burn-out ! », vous n'êtes pas sur son chemin… et heureusement pour vous… !

On parle peu de tous les dommages collatéraux du burn-out. Ses séquelles varient d'une personne à l'autre mais s'apparentent à un effondrement physique, psychique, émotionnel. On ne sort pas du jour au lendemain la tête hors de l'eau, sous prétexte que l'arrêt de travail nous a exclus de notre milieu professionnel !

Il faut réapprendre à vivre ! Au final, c'est bien pour cette raison que nous sommes nés… Non ?

POUR VIVRE ! … Avant de penser à travailler !

Vivre une vie professionnelle épanouie, en cohérence avec nos propres valeurs, utopie ou non ? Je pense que tout est possible, à condition de travailler pour soi-même. Ceci est juste mon avis, après deux burn-out !

Depuis des décennies, la société impose d'emprunter une voie d'accélération assurant soi-disant une stabilité professionnelle et familiale. On y croise forcément aujourd'hui son lot de stress, de tensions, d'émotions en tous genres… À quel moment effleure-t-on la pensée nous conduisant à actionner le bouton « S T O P » ?

Notre système nerveux est en stimulation permanente et relaie dans tout le corps les impacts du stress, des tensions et des chocs émotionnels. Apparaissent alors des troubles tels que la fatigue physique et psychique, l'altération du sommeil, les maux de tête, les tensions.

Aucun médicament ne guérit du burn-out. Seulement, si on a la chance d'être bien accompagné par les thérapeutes que notre corps a sollicités, le climat à affronter est bien moins aride. Personnellement, ces deux burn-out ont pris mon corps en otage. Extrêmement douloureuse en permanence, les examens neurologiques, rhumatologiques, d'ostéopathie, se sont alternés jusqu'à la pose du diagnostic final par le rhumatologue :

— Madame, vous souffrez de fibromyalgie.

— De quoi ?

— Vous souffrez du syndrome fibromyalgique. Le terme vient de fibro pour fibrose, de myo qui signifie muscle, et d'algie qui signifie douleurs.

L'examen médical met en évidence 15 points douloureux sur 18 points caractéristiques de la maladie. Toutes ces douleurs musculaires et articulaires, diffuses dans votre corps, sont révélatrices. Cette très grande fatigue si particulière, que vous décrivez si bien et qui ne s'apparente aucunement à une fatigue passagère, fait elle aussi partie des symptômes. Toutes ces caractéristiques témoignent de la présence du syndrome de la fibromyalgie.

Comment me projeter quand ma tête et mon corps me disent conjointement STOP ! Quand vais-je en voir la fin ?

Un jour peut-être…

Pour l'instant, l'après burn-out est là, avec son lot de dommages collatéraux. La fibromyalgie n'étant certainement pas suffisante comme lot de consolation, une hypersensibilité n'a pas oublié de venir s'enrichir de mes sens, de mes émotions. Chaque jour qui passe, il me faut rester très vigilante avec tout ce qui m'entoure car tout m'interpelle, me questionne, et me touche. Trop souvent, cette sensibilité exacerbée m'oblige à ressentir les choses avec une telle intensité que j'en arrive même à absorber les émotions des autres, me faisant souffrir moi-même.

Qui a dit « Le travail, c'est la santé !? »

Il me faut accepter et prendre conscience de tous les éléments qui m'ont conduit à un moment donné à la rupture. Il est une certitude : PLUS JAMAIS ÇA !

Je dois oser me réinventer. Je refuse cette vie imposée de stress. Le job est nullement la source de mon identité.

## Besogne – Corvée – Devoir – Difficulté – Peine – Labeur – Sueur

« Étymologie latine du mot Travail :
tripalium qui désignait un instrument de torture »

Aujourd'hui, on se réjouit lorsque l'on a un travail. La plupart des gens ne se posent même pas la question à savoir s'ils sont ou non heureux et épanouis au travail. Mais en réalité, qu'en est-il sur le terrain pour la grande majorité d'entre nous ?

*Selon Santé publique France « Le burn-out ou épuisement professionnel est caractérisé comme un état d'épuisement physique, émotionnel et mental résultant d'une exposition à des situations de travail émotionnellement exigeantes. »*

Voilà l'état du terrain !

Situations de travail émotionnellement exigeantes, stress, manque de reconnaissance, moyens inadaptés, manque d'un personnel formé, motivé.

Détérioration de l'ambiance de travail sans omettre que dans bon nombre de milieux professionnels, la rémunération est terriblement faible alors que l'engagement est maximal ! Un engagement de tous les instants, sans reconnaissance. Tous les milieux confondus sont aujourd'hui confrontés à la difficile prise en compte du facteur humain.

À l'embauche, lié humainement par un contrat de travail avec sa future direction, le salarié est déjà « l'enfant de la maison ». Il va grandir, normalement sous le regard bienveillant de ses collaborateurs, de ses supérieurs hiérarchiques, pour faire sa place, celle pour laquelle il a été retenu.

Malheureusement, dans la jungle sociétale actuelle, ils se font de plus en plus rares les supérieurs, les chefs d'entreprises diplomates, patients, participatifs aussi.

Ceux qui s'impliquent sur le terrain et savent rester au plus près des salariés, pour rester à l'écoute tout simplement. Ceux qui communiquent, car les stratégies de communication sont la clé dans quasi tous les domaines. Ceux qui délèguent, car déléguer, c'est aussi considérer le salarié, qui recevra une nouvelle mission. C'est lui offrir sa confiance, c'est lui offrir un regain de motivation tout simplement.

Qu'est-il enseigné en école de management ? L'union ou la division quand il est question de prévoir, de coordonner, d'organiser ?

La base même du management, la plus élémentaire, reste pour ma part, la politesse.

Le matin, le bonjour… Il est simple et tellement efficace ! Il est si bon à recevoir, associé à un regard bienveillant, une poignée de main ferme et un sourire sincère. Geste qui ne coûte rien à l'entreprise et ne fait pas perdre de temps.

Il en existe d'autres des petits mots sympathiques qui ont une très grande importance et qui devraient venir plus tard, au fil de la journée ;

— Vous allez bien ?

— … s'il vous plaît ! Merci !

Ne JAMAIS oublier que pour que l'entreprise existe il faut des salariés.

Ces mêmes salariés sont en position d'exprimer, de donner un avis, de soumettre des solutions car ils sont au quotidien sur ce que l'on appelle le terrain. Malheureusement, très souvent, leur avis n'est pas pris en compte. Des exigences tombent, des décisions sont prises par une hiérarchie qui ne connaît que si peu le terrain…

On en arrive alors à voir naître une mauvaise ambiance de travail.

Plus que jamais, le regard que porte le salarié sur sa direction correspond au regard que la direction porte sur son salarié !

**Une direction qui fait semblant d'être et des équipes qui font semblant d'y croire !**

Pour se donner bonne conscience, parfois dans certaines entreprises, sont distribués des sondages afin de faire remonter des idées, des souhaits, des attentes même ! Chaque salarié y va de sa réponse et cela dans le laps de temps précisé dans le joli courrier d'accompagnement. Mais tout le monde sait déjà qu'il n'y aura aucune suite…

Bingo ! Aucune suite n'est donnée !

Je suis convaincue que la réussite pour n'importe quel type d'entreprise, d'association ou organisation, est le fruit d'une collaboration étroite, harmonieuse, respectueuse, responsable, entre les différents membres du personnel, quel que soit l'échelon.

Il est bien dit « qu'une réussite durable est une réussite partagée ! ».

**Tout ne peut être mesuré avec des chiffres, notamment la dimension humaine !**

Tout comme on prendra grand soin du matériel de l'entreprise ou du parc automobile de la direction, il est important **de prendre soin aussi des salariés de cette même entreprise.**

Et en prendre soin, c'est s'éviter déjà l'utilisation d'un terme qui me perturbe énormément : l'A B S E N T É I S M E…

Oui, je sais ! Il fait partie du vocabulaire courant aujourd'hui. Et pourtant quel vilain mot ! Ce terme court dans les réunions de direction, dans les médias de toutes sortes, mais il est rarement évoqué entre salariés.

Il existait il n'y a encore pas si longtemps, un terme plus approprié qui était « l'arrêt de travail », souvent lié à un problème de santé, mais pas que ! Comme pour beaucoup de personnes de mon entourage, ce terme « absentéisme » exprime davantage des arrêts de travail pour complaisance que pour des situations problématiques avérées. Personnellement, je trouve qu'il pointe sérieusement du doigt la conscience professionnelle des salariés.

Passant la majeure partie de notre vie au travail, n'y a-t-il pas une petite légitimité à s'arrêter à un moment donné parce que notre corps, notre mental aspirent à respirer ?! Je suis plutôt en mesure aujourd'hui d'affirmer que OUI !

Et à bien y réfléchir, pour résumer, le contraire de l'absentéisme, c'est être présent physiquement à son poste de travail. Mais être présent physiquement à son poste de travail et être non productif n'est-ce pas une forme d'absentéisme ?

À méditer…

## Coupable !

Notre corps a ses limites. La vigilance est de rigueur, tout n'arrive pas qu'aux autres !

Trop souvent, nous pensons ne pas avoir le temps pour ou le temps de… J'ai fait partie de ces personnes qui n'avaient pas ce temps ! Puis, lorsque j'ai enfin compris que j'étais la seule à décider de mon emploi du temps personnel, j'ai adopté une habitude. Celle de prendre rendez-vous avec moi-même, et surtout de m'y tenir. Comme on peut prendre rendez-vous chez le dentiste, prendre rendez-vous avec soi-même est tout à fait réalisable.

Oui, mais pour faire quoi ?

Juste pour être avec soi-même. Pour une balade en pleine nature, pour la lecture d'un roman, l'écoute d'un morceau de musique, un moment de détente dans un bon bain chaud, relaxant, un passage chez le coiffeur, un café avec une amie…

Souvent, l'épuisement professionnel fait suite ou est intimement lié aussi à un épuisement personnel. On ne peut être quasi-exclusif dans sa vie privée et professionnelle. Ce fonctionnement ne dure qu'un temps, qui, je le confirme, peut s'étendre sur des années. Mais lorsque l'épuisé a tout donné et s'est totalement exténué, il se retrouve scotché au mur. En ce qui me concerne, tout fut exclusif… sauf Moi !

Le jour où le travail m'a lâché, car oui, c'est bien lui qui m'a mis à terre à deux reprises, je me suis sentie totalement perdue. Comme si le job était LA raison de vivre, seul et unique élément à ma survie…

Qu'allais-je devenir ? Qu'allaient penser les autres ?

Plutôt que de profiter sereinement de cette convalescence pour déposer mon esprit et ses pensées, j'agissais et vivais en permanence dans la culpabilité de ne plus travailler.

C'est à partir de ce moment-là que j'ai pris conscience de l'impact de notre éducation. Mais aussi de notre conditionnement à vivre une vie dictée par tout un système imposé, une commande sociétale, sous peine d'être étiqueté de marginal.

D'où, le regard des autres ! Chez moi, les autres sont ceux que je ne connais que de vue ! Que vont dire les gens quand ils vont se rendre compte que je ne travaille plus ? Que vont-ils penser ?

Le pire dans tout cela, c'est que personne ne m'a jamais fait la moindre remarque sur ma situation. Seule, j'étais seule à porter un jugement sur ma nouvelle condition.

Normal, j'étais la seule à être dans le déni total.

À plusieurs reprises, je me suis demandée pourquoi cette situation de burn-out s'était répétée ! Tout simplement, je n'avais tiré aucune leçon de ma première chute. Repartie trop tôt, dans le déni de ce qui m'était arrivée, portée par la satisfaction d'emprunter une nouvelle voie professionnelle, plus humaniste…

Le risque est grand une fois l'énergie recouvrée et les mois passés, de foncer tête baissée, lorsque cette façon d'être est en nous ! Or, le degré de résistance à la fatigue et au stress est souvent amoindri après un épisode d'épuisement. Le risque de se reprendre le mur est donc élevé…

Plus que de l'effleurer une seconde fois, j'y ai mis tout mon cœur pour cette fois l'embrasser !

Je sais qu'il me faudra du temps, et aujourd'hui plus que jamais, je m'octroie ce temps pour partir à ma propre rencontre. Petit à petit, je cultive doucement l'art et la manière de vivre autrement, de penser tout autrement. Je m'oblige à me détacher de certains schémas éducatifs, familiaux, de société. Bien que le changement soit extrêmement difficile, je ne lâche rien car j'ai la détermination à poursuivre ma route sur une voie parallèle. Pour y accéder, il me faut abandonner un fonctionnement, me délester de préjugés, de pensées, d'habitudes, de croyances.

## Et maintenant !

Même si je le veux, je ne peux plus. Mon corps et mon mental ne sont plus en capacité d'affronter les méandres du monde professionnel. D'un côté, j'ai cette volonté pour faire et de l'autre, j'ai cette peur qui me tétanise juste en effleurant par la pensée le moindre retour professionnel. Je ne cesserai de le dire, de l'écrire, je pense avant tout avec mon corps, et c'est ce corps qui crie à mes pensées « **Foutez-lui la paix, elle ne peut plus !** »

C'est bien cela, mon corps fait taire la moindre de mes pensées évoquant le Job… Pour se faire, je contourne, je ruse et je poursuis mes investigations pour faire de ce double chaos infernal, mon bagage pour un autre départ.

Ce nouveau départ je le veux mais comme je le peux…

Plus clairement, je suis restée bien trop longtemps dans le déni de moi-même. J'ai dépensé beaucoup d'énergie à m'occuper des autres m'oubliant totalement.

Ce nouveau départ est le mien à part entière. J'ai des souhaits, des désirs, des projections. Je crois en la vie, je crois en Ma Vie.

Je n'aspire plus qu'à vivre de mes passions et non plus d'obligations. Certains se plaisent à dire haut et fort que l'on s'habitue à tout… C'est FAUX !

Parfois, nous pouvons être amenés à emprunter des voies qui nous éloignent de notre but. D'ailleurs, le terme emprunter signifie que ce chemin pris, ne nous appartient pas et qu'à un moment ou à un autre, nous devrons le quitter.

En vieillissant, nous apprenons qu'avec le temps, nous devenons la somme de nos choix. Ce sont nos rencontres, nos partages, nos échanges, nos voyages, qui nous construisent au fil de notre avancée sur ce chemin de vie. La sagesse de l'âge, l'expérience de la vie, les personnes qui nous accompagnent font qui nous sommes.

Si cette double épreuve m'a extraite de certaines facettes de ma vie, elle me souligne chaque jour qui passe qu'au plus profond de mon cœur tangue toujours beaucoup d'humanité. Et cette vague, ce flot d'émotions intactes, il me faut m'en servir.

Ma philosophie de vie aujourd'hui doit rester en adéquation avec mes valeurs, afin de maintenir un épanouissement et un équilibre entre ma sphère privée et professionnelle. Dans ce monde actuel, totalement en perte de sens, c'est pour moi l'essentiel.

Ma priorité reste l'écriture. Écrire comme j'aime, écrire pour les enfants, pour mes petits-enfants. Mais aussi écrire ce que je ressens, ce que je vis. Écrire sous forme d'un partage, car encore et toujours je ne peux vivre sans penser à « l'Autre… », cet « Autre » qui, au regard d'un autre, est Moi-même.

*Ah ! Si j'étais Écrivain…*
*Écrire sans ne plus penser à rien.*
*Me plonger dans mes pensées*
*Et m'envoler pour me laisser*
*Glisser sur une feuille d'éternité.*
*D'Amour, de tendresse, je parlerais…*
*La beauté, les parfums je les écrirais.*
*Mes voyages, mes rencontres je les raconterais*
*Mes images, mes souvenirs je les partagerais*
*Ah ! Si j'étais Écrivain !*

## Écrire, c'est caresser son âme…

J'ai pensé à panser mes maux
Qui sont devenus mes mots…

Il y a des jours,
On ne sait pas pourquoi,
L'envie d'écrire nous prend,
Elle est là !

Si parfois mes mots sont forts
C'est que je pense avec mon corps…

Voici des lettres
Que tu assembleras en mots,
Pour soigner chacun des maux
De ton être…

Toucher l'Autre avec mon Cœur,
Avec mes mains,
Puis devenir
Tout chez l'Autre…

Je n'écris pas en vain…
Je suis écrivain.
J'écris qui je suis…
Je crie, ce que « J'essuie ».
Je pose du concret,
Je pose ce que je crée…

Détends-toi,
Plus personne ne t'attend…
C'est Vrai !
En temps longtemps
Le temps était compté…
Aujourd'hui,
Tu comptes sur le temps…

Quand tu donnes du sens à ta Vie…

Tu nourris chacun de tes écrits…

Je Laisse Entrer La Nuit…

Car C’est Dans Son Silence

Que Mes Pages S’écrivent…

## Mon parcours de soins

*Il n'existe aucun médicament pour guérir du burn-out. Mais, si on a la chance d'être bien accompagné, le climat à affronter est moins aride.*

**Médecin généraliste :** Effectue le premier diagnostic.

**Médecin psychiatre :** Accompagne tout au long du processus.

**Psychologue :** Accompagne sur un temps défini.

**Centre de consultation de pathologie professionnelle :** Diagnostique l'origine professionnelle de la maladie, écoute, conseille, oriente.

**Orthophoniste :** Prend en charge les troubles de l'attention.

**Rhumatologue :** Pose du diagnostic de la fibromyalgie.

**Kinésithérapeute :** Techniques antalgiques, massages.

**Ostéopathe :** Atténue les tensions musculaires, redonne de la circulation au corps.

**Centre anti-douleurs :** Prise en charge de la douleur chronique.

Sans oublier : **Mes enfants, mes amis, mes collègues.**

Durant ces deux années de soins, j'ai pris du poids j'en ai perdu. J'ai mis des mois avant de commencer à apprécier les choses simples de la vie. Il m'a fallu une année environ, avant de retrouver la capacité à suivre un film en entier, à lire un roman. Environ dix-huit mois pour ne plus culpabiliser, à peu près autant pour commencer à me détacher de mon travail.

Il m'aura fallu à peu près deux ans avant de réussir à verbaliser que je ne pourrai plus reprendre le chemin du travail salarial, à peu près deux ans à accepter définitivement que **PLUS JAMAIS** !

Depuis mon dernier burn-out, trois années se sont écoulées et je ne suis toujours pas retournée sur ce site magnifique, chargé d'une histoire si singulière que je porterai toujours en Moi…

Imprimé en Allemagne
Achevé d'imprimer en mars 2022
Dépôt légal : mars 2022

Pour

Le Lys Bleu Éditions
40, rue du Louvre
75001 Paris

www.ingramcontent.com/pod-product-compliance
Lightning Source LLC
LaVergne TN
LVHW050330160826
845677LV00014B/3583
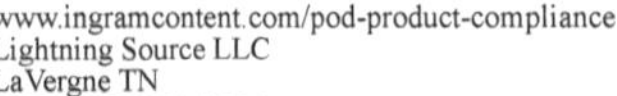

* 9 7 9 1 0 3 7 7 5 7 4 0 1 *